바람의 안무

김여정金汝貞 호 후소後笑

1933년 경남 진주 출생. 진주여자중고등학교, 성균관대학 국문과와 경희대학 대학원 국문과 졸업(석사). 1968년 ≪현대문학≫으로 등단. 저서-시집 『화음』, 『해연사』 등 14권. 신앙시집 『그대 꿈꾸는 동안』. 시선집 『흐르는 섬』 등 3권. 시전집 『김여정시전집』 2권. 수필집 3권. 시해설집 2권. 근작시집 『미랭이로 가는 길』. 수상-대한민국문학상, 월탄문학상, 한국시인협회상, 공초문학상, 동포문학상, 남명문학상, 성균문학상, 시인들이 뽑은 시인상. 경력-한국시인협회 고문, 한국문인협회 자문위원, 국제펜클럽한국본부 회원, 한국여성문학인회 자문위원, 한국카톨릭문인회 회원, 하남문인회 고문. 교육계 경력-국제교육진흥원 교육연구사. 세륜중학교 교장 역임.

e메일: kimjs4939@hanmail.net

리토피아포에지 · 97
바람의 안무

발행 2020. 1. 25 2쇄 2020. 7. 13
지은이 김여정 펴낸이 정기옥
펴낸곳 리토피아
출판등록 2006. 6. 15. 제2006-12호
주소 22162 인천 미추홀구 경인로 77
전화 032-883-5356 전송032-891-5356
홈페이지 www.litopia21.com 전자우편 litopia@hanmail.net

ISBN-978-89-6412-124-5 03810

값 10,000원

김여정 시집

바람의 안무

리토피아
LITERATURE & UTOPIA

시인의 말

자연의 신비가 주는 기쁨과 위안
모든 인연들에 대한 사랑과 감사가
노년의 내 시와 삶에
더 많은 자양분이 되어 주리라 믿으며,

2020년 새해 정월
後笑 김여정

차례

| 제1부 |

사월의 신부

3월의 꽃엽서

3월 초에 지리산의 딸네에게서 노오란 산수유 꽃엽서 바람에 실려 왔다

3월 초에 섬진강 강 언덕에 잠 드신 부모님에게서 매화 꽃엽서 강물에 떠내려 왔다

3월 중순에 남해도의 친구에게서 동백 꽃엽서 푸른 파도에 밀려왔다

3월이 뒷모습 섭섭히 보이는 날에 오래 숙성된 내 그리움 인각印刻한 별꽃엽서 답신을

연줄에 매달아 두 손 모은 기도 위에 실어 보낸다

내 생의 일기장을 가득 채운 아름다운 봄날의 향기로운 추억의 꽃엽서 우체통!

벚꽃 기도

햇살 환하다.
햇살의 왕국 벚꽃 왕국이다.

환한 햇살 입맞춤에
순결의 면사포 쓴 절세미인 벚꽃신부들
세상의 어둠 모두 걷어내고
오로지 뜨거운 사랑만으로 하늘 닿는데까지
일편단심 불꽃 마음으로
희망의 탑을 쌓으리라 맹서의 기도를 올린다.

화동花童이 되어 축복의 꽃잎 흩뿌리며 행진하는
꽃잎 빛 옷차림의 유치원생 어린이들
꽃봉오리 우리 꿈의 새싹들이
가난 외로움 슬픔 아픔이 없는
벚꽃왕국 새 나라의 주인이 되리라는
확신의 인증서 꽃잎을 입에 물고
비둘기 떼들 오늘 먼 하늘을 날아가고 있다.

머지않아 집집마다 희망의 꽃편지가 배달되리라.

* 벚꽃의 꽃말 : 절세미인, 순결.

들꽃 기도

오랜 가뭄 끝에 단비 내리고
환희의 웃음 터뜨려 내던 벚꽃 잎 눈발처럼 휘날리는 날

들길 길섶에 지천으로 피어 환한 눈빛으로
지상의 어둠 걷어내고 있는 노란 민들레꽃들
곁에 앙징스런 볼우물 애교의 제비꽃들
곁에 좁쌀만 한 하얀 겸손의 냉이꽃들
곁에 이름 모를 눈웃음의 풀꽃들
곁에 넘치는 은혜의 햇살
곁이 있어 행복한 날

넘치게 풍성한 일용할 양식의 잔칫상 앞에서
들꽃기도를 일깨워 주신 그대 향해
나뭇잎 태양열판에서 불을 당겨
감사기도의 촛불을 밝힌다.

나 또한 곱게 물든 석양에 잔잔한 미소의
고개 숙인 할미꽃으로

있는 듯 없는 듯
곁의 곁의 온기溫氣이기를 간구하며

꽃들이 웃고 있네요

요즈음 세상이 웃긴다고 꽃들이 웃고 있네요

요즈음 세상이 재미없다고 꽃들이 웃고 있네요

요즈음 세상이 재미있다고 꽃들이 웃고 있네요

요즈음 세상이 요지경 속이라고 꽃들이 웃고 있네요

요즈음 세상이 하 수상타고 꽃들이 웃고 있네요

요즈음 세상이 그래도 살만 한 구석 쬐끔은 있지 않느냐고
킥 킥 킥 꽃들이 웃고 있네요

자잘한 풀꽃들과 여린 나뭇잎들은 손으로 입을 살짝 가리
고 ㅋ ㅋ ㅋ

꽃들이 웃으니 웃을 일 하나 없는 늙은이도 입꼬리를 살짝
비틀며 웃게 되네요

사월의 신부

여든 살의 내가 스무 살의 앳된 신부가 되어
연분홍 벚꽃 잎 카펫을 밟는다
하늘에서 축복의 꽃비가 지천으로 내려
내 머리에 화사한 화관花冠을 씌워 준다
양옆에 노란 저고리 고름을 살짝 입에 문
개나리 민들레 냉이 꽃들이
허공에 분분紛紛한 은나비들의 춤사위에 맞추어
은방울 목소리로 축가를 불러 준다
아, 눈부신 사월의
햇살과의 혼례식

꽃시절 한 때의 백일몽이여,

아, 예쁘라

봄비 내린다
꽃비 내린다
봄비에 머리 젖어 더 예쁜 제비꽃들
꽃비에 꽃무늬 옷 입어 더 예쁜 나무 밑 산책로

오늘도 일용할 양식 이런 예쁨 주셔서 감사합니다
오, 우리의 하느님

세상 사람들 모두
이런 봄비 이런 꽃비로
아프고 슬픈 눈물일랑 씻어버리고
모두 다 함께 반짝이는 햇살의 눈빛 주고받으며
매일 매일이 예쁨만으로도 행복하게 하소서
"순진한 사랑"으로 기도하는 예쁨
아, 참 예쁘고 예쁘라

아득한 봄이 오네

봄이 오네
또다시 봄이 오네
오는 듯 가버릴 봄이 오네
오는 듯 가버릴 봄이라서 더 애틋하고 아쉬운 봄이네

나에게 꽃 피는 봄은 그 언제였던가 아득하네
아득해도 어제인 듯 아득하네
오는 듯 가버려서 아득하고 아득하네
아득하고 아득하여 어제인 듯한 봄이네

그런 봄이라도 내 앞에 먼 언덕 아지랭이인 듯
또 한 번 아롱아롱 피어오르고 있으니
눈물 나게 아득하여 고맙네

아롱아롱 저만치서 와서
가물가물 저만치 가버릴 봄이 또다시 오네

내 심장에 찔레꽃 화인火印을 남긴 욱이

중학교 3학년생인 욱이는
찔레꽃 필 무렵에
밤이면 우리 집 대문 밖을 서성이며 하모니카로
중학교 2학년생인 나에게 신호를 보내곤 하였다

하모니카 소리가 높은 우리 집 담장을 넘어 들려오면
내 가슴은 콩닥 콩닥 마구 뛰기 시작하고
찔레꽃 향기가 내 정신을 혼미케 했다

욱이가 연분홍 편지지에 써 보낸
박하사탕 같은 사연이 채곡 채곡 쌓여 갈 무렵
6.25가 터지고
피난지까지 욱이가 뒤 따라 오고
욱이를 냉혹하게 등 떠밀어 떠나보내고
내 심장엔 찔레꽃 화인이 찍혔다
전란으로 삶의 터전이 무너져버린 욱이네가
먼 타지로 떠나가고
반세기하고도 십 수 년이 넘게 찔레꽃이 피고 지고

아득한 지평선 너머의 해 그림자인데

아, 찔레꽃 필 무렵이면
계절병처럼 들려오는 '하모니카' 소리 있어
잊을 수 없는 소년 욱이
얼굴이 찔레꽃처럼 하얗던
욱이

무화과나무 그늘

우리 집의
무화과나무 묘목은 어머니가 심고
무화과 열매는 아버지가 따셨다

우리 집의
무화과나무는 일취월장 어머니가 섬기신 아버지를 닮아
요새 말로 몸짱으로 우리 집 마당의 반을 장악했다

다닥다닥 푸짐하게 열린 열매가 무르익으면
아버지는 잘 익은 것들부터 골라 따서
손주들에게 달디 단 열매를 맛보여 주는 기쁨으로
얼굴이 익은 무화과 열매 빛으로 화사해지셨다
어린 손주들은 그런 외할아버지의 사랑에
산타클로스 할아버지보다 더 좋아하고 따랐다

나에게 무화과나무 그늘은
아버지 어머니의 그늘이고

우리 집 아이들에게는

잘 익은 무화과 열매는 달디 단 추억의 집이다

도라지꽃

누가 심었을까
내가 사는 아파트 옆길 작은 공터에
일 열 횡대로 줄 서 있는
버팀대에 묶인 가녀린 몸피의 하늘색 도라지꽃들이
물리치료차 병원으로 오고 가는 나에게 건네는 엷은 미소가
병원 물리치료보다 더 나은 특효의 치료제다

살인적인 폭염을 견디며
맑고 고운 생명력을 강인하게 꽃피우고 있는
도라지꽃을 바라보는 것만으로
부상당한 내 한 쪽의 갈비뼈가 버팀대처럼 튼튼해지는 듯

도라지꽃을 심고 가꾸는 분에게 깊은 감사를 드린다

자목련 꽃잎 지네

춘사월 비바람에 자목련 꽃잎 지네

이팔청춘 꽃나이에 저 세상으로 떠난
내 첫사랑의 자줏빛 연서戀書
자목련 꽃잎 지네

눈물에 말갛게 씻겨 되살아난
구구절절 꽃물 든 사연이
땅 위에 꽃방석을 깔고 있네

내 묵은 일기장이
춘사월 비바람에 휘날리고 있네

아득한 하늘 저 편에서
그리움이 젖고 있네

라벤다 꽃밭에 들다

오랜 세월 전
라벤다 꽃밭에서 만났던 그분

보랏빛 환상이던 그분
라벤다 향기이던 그분 말씀

올 한여름에 보내 온
보랏빛 한지漢紙 종이편지에

라벤다 꽃물결 넘실거리고
묵언默言의 향기 눈빛 그윽하다

늙음도 꽃이 되네

봄
봄이란 말 사탕 알 녹이듯 입속에 가만히 녹여보니
늙음도 남몰래 저 혼자 꽃이 되네

꽃이던 젊은 날 불려 나와
남들이 알까 조심 조심 피는 꽃이 되네

입속에 천천히 살살 녹이는 알사탕의
넉넉하고 유연한 사랑의 꽃이 되네

석양도 일몰도
불꽃 폭죽으로 하늘 길도 꽃길이 되네

슈크렁

폭염 폭우 뒤에 태풍
올여름은 이렇게
하늘과 바다와 사막의 엽기적 합작의 연속상영에
온 나라 안이 파랗게 질려 있다
오늘도 창문엔 굵은 빗줄기가 발을 치고 있어
내 마음 발바닥이 파랗게 질려 꼼짝을 못하고 있다

웃는 얼굴 반가운 목소리가 이렇게 그리울 줄이야
산책길 길섶에서 살랑 살랑 살찐 꼬리 흔들며
결초보은 다짐하던 낭미초狼尾草 슈크렁
오늘은 거센 바람 세찬 빗줄기에 허리 꺾이며
그래도 일편단심 인연의 끈 놓지 않고 견디고 있겠지

빗줄기 가늘어지면 우산 쓰고
슈크렁 크렁크렁 눈물 맺힌 눈길 잡으러
강변 산책길 나서야지 하며
파랗게 피가 멎은 발바닥 문지르며 견디고 있다

(현재 태풍 덴빈 북상 중)

(현재 전국적 불안 공포 확산 중)

(현재 슈크렁 전기 고문 중)

(현재 결초보은 실종 중)

TV 화면은 연일 중계방송 중임.

산안개

밤새 눈 내린 겨울 아침
눈 덮인 하얀 산봉우리를 향해
새벽 예불로 두 손 모와 올린
수 천 수 만 설목雪木들의 간절한 기도가
자욱히 안개를 피워 올려 산을 감싸며
산정山頂으로 산정으로
조심조심 발걸음을 옮기고 있다

어느덧 산정은
적멸보궁 속으로 사라지고
부처님이 내리신 무한자비가
순백의 나무들마다에
영롱한 빙화氷花로 피어나
호호호
하얀 입김을 뿜어내고 있다

가왕歌王

요사이 젊은이들은 물론 4050 할 것 없이
오랜만에 돌아 온 가왕 조용필의 새 음반을 사려고
장사진長蛇陣을 선다는데
80을 넘긴 나는
올여름 출시되는 수많은 '생명들의 교향곡'이 수록된
여름 산의 새 음반을 사려고
산에 줄 선 개미들 뒤에
줄 선다

여름 산 숲이
내가 제일로 좋아하는
가왕이다

황금사원黃金寺院

여름날 한낮의 숲속은 황금사원이다

나뭇잎 한 잎 한 잎이 태양의 집열판이다

나무들 모두가 황금기둥이다

빛의 폭우 속 풀밭에 누우면 나도 황금와불臥佛이 된다

때마침 숲을 일렁이게 하는 바람은 중생제도의 독경소리

여름 한낮은 성불成佛의 시간이다

제2부

하늘빛이 고와서

바람개비가 있는 풍경

강변 메타세콰이어 가로수 산책길을 바람을 안고 걷는다

길가 풀언덕에 바람개비들이 무지개빛 바람을 일으키며
빙글 빙들 돌고 있다

돌고 있는 바람개비 날개 위로 노랑나비 몇 마리 팔랑
팔랑 날고 있다

홀연 맑은 하늘 스카프가 내 목을 감고 돈다

내가 바람개비가 되어 무지개빛 바람을 일으키며 빙글
빙글 돈다

나비가 된 내 꿈이 바람개비 날개 위에서 팔랑 팔랑 날고 있다

아, 이 황홀한 백일몽의 어지럼증이여,

초록비 내리는 오후

초여름 아침 초록비 내린
오후의 하늘은
풋풋한 첫사랑의 편지지다

밤새 잠 못 이루며 수많은 별들로 쓴
뜨거운 고백은 다 숨긴 수줍은 마음이
반사경 속에서 향 맑은 바람결로 일렁이고

첫사랑은 말이 아니다
첫사랑의 말은 초록비에 씻긴 나뭇잎들에 매달린 은구슬
은구슬에 빛나는 해맑은 눈빛이다

아카시아 꽃무리 뭉게구름으로 피어올라
숲의 가슴 두근두근 설레는
싱그러운 계절이라서 사람들은 누구나 사랑의 춤꾼이 된다

풀꽃을 엮어 만든 화관을 쓰고
풀피리를 만들어 노래 부르고

풀각시를 만들며 축제의 마당을 펼치던
저마다의 어느 5월의 꿈이 푸르른 초원을 달리니

햇살 입은 두 손이 합쳐져
세상은 흰 장미꽃의 기도로 환해지고
은혜의 꿀이 평화의 나비를 불러들인다

초록비 내린 오후엔
모든 사람들이 깨끗이 발을 씻은
싱싱한 신록의 나무가 되어 하늘에 푸른 잎을 펼쳐 든다

여자도汝自島
—신석초 선생님 전에

1.

전남 여수시 화정면 여자리에 있는 섬 여자도에
춘사월 흐드러지게 만개한 배꽃에 이끌리어 갔더니
배꽃 아닌 동백꽃이 먼저 마중 나와 있었네

생전 듣도 보도 못한 여자도란
섬 여자도
모든 걸 스스로 해결해야 살아 갈 수 있어 이름 지어졌다는
섬 여자도
막상 와서 보니 내가 거기 있었네

"너 곧음으로 스스로 삶의 텃밭 일구어 낸다"는 뜻으로
너 여汝 자字, 곧을 정貞 자로
내 필명 지으셨다고 하신 스승 시인 신석초 선생님
560m 길이 섬과 섬을 잇는 연결다리 여자교 한가운데의
붕어낚시터에서 긴 낚싯대 드리워 시詩의 대어大漁 낚고
계셨네

﹀

대동 마파 송松여자의 3개 마을의 대여자도의 햇볕 뜨거
운 대낮에
  곳곳의 텃밭에서 채양 넓은 모자 눌러 쓰고 허리 굽혀
일하는 이들은
  모두 생계를 스스로 해결하고 있는 늙으신 할머니들뿐

  그날
  크고 작은 무인도들을 품고 있는 여자만汝自灣의 바다는
  외로움도 슬픔도 고단함도
  스스로 이겨내고 있는 여자도 사람들의 굳은 어깨를 토닥
이고 있었네
  내 삶의 굳은살 위로 바다의 손길이 넘실거리고 있었네

  2.
  아. 새벽 닭소리에 깨어나는 여자도여
  새벽 닭소리에 닭으로 태어난 내가 너에게로 와서 나를
만나기까지

무한 시공을 날고 있는 저 물새들의 고단한 꿈속에 들기까지
너를 만나 거센 파도에 허울 벗는 무인도가 되기까지
아득하여라 운무雲霧의 세월인저

새벽닭이 홰를 치는 지금
여자도가 불타는 태양으로 수평선을 찢으며 솟아오르고 있다

동행

바람에 손 잡혀 바람 따라
홀로
바람길 걷는
내 곁에 내 앞에 잠자리들의 동행
자칫 허방에 빠질세라 서너 발 앞서서 길 인도하는
고운 단풍 빛깔 염려

눈 시린 푸른 하늘도
억새 잎 은물결 따라 흰 구름도 쾌히 동행

동행과 함께인 발걸음은 가벼이
가을 강물 위에 구절초 꽃잎으로 흐르리

고추잠자리의 연애법

청람 빛 가을하늘 눈 시린 한낮
은물결 넘실대는 억새밭 길에
고추잠자리 연애가 한창이다

사랑하는 짝을 등에 업고 시공時空을 넘나들며
사랑의 자유를 마음껏 누리고 있는
그들만의 연애법을 보며

　"별처럼 아름다운 사랑이여 꿈처럼 행복했던 사랑이여,
　머물고 간 바람처럼 기약 없이 멀어져 간 내 사랑아,"

음치인 내가 억새밭 갈대밭 길을 산책할 때면 즐겨 흥얼거리던
노랫가락이 절로 입속에서 맴돈다

아, 옛날이여,
머물다 바람처럼 아득히 멀어져 간 젊은 날의 꽃구름이지만
그래도 인생말년에
아름다운 가을하늘 아래 억새밭 갈대밭 오솔길을 거닐며

고추잠자리의 사랑법에 가슴 따뜻해질 수 있는
살아있음의 이 넘치는 축복에
'감사의 기도'를 하게 된다

고추잠자리는 억새꽃밭 위로 날아가고
나는 가을볕을 애인으로 등에 업고 돌아 나오며
김현승시인의 "가을의 기도"을 소리 내어 읊조려 본다

   "가을에는 기도하게 하소서"

하늘빛이 고와서

오월이었습니다

하늘빛이 너무도 고와서 가슴속 눈물샘이 더 깊어졌다며
하염없이 옥빛 하늘에 눈길을 보내는 여인이 있었습니다

하늘빛이 고운 옥빛이어서 한 해에 단 한 번 끼어 보는
가락지도
자수정 가락지가 아닌 옥가락지를 낀다는 여인이 있었습니다

하늘빛이 하늘하늘 고운 옥색 명주비단 같다며 곱게 물들
여 바느질한
옥색 명주 목도리를 어린 딸의 목에 감아 주며 행복해
한 여인이 있었습니다

한 권의 시집이 된 오월이 책장을 열고 있습니다

오월의 하늘에 옥빛 샘물이 솟아오르고 있네요
오월의 하늘에 옥가락지가 둥글게 원을 그리며 굴렁쇠가

되어 구르고 있네요

　오월의 하늘에 옥색 명주 목도리가 강이 되어 흐르고 있네요

　오월 같은 열일곱 어린 나이에 시집 와서 오월 같은 꿈도
못 꾸어
　익은 포도송이 같은 멍을 가슴에 달고 살았던 여인
　나의 어머니
　지금 오월의 하늘 옥색 비단목도리로 내 목을 부드럽게
감싸주고 있네요

아바타

지난겨울에는 한강 팔당의 큰고니들이 나를 대신하여 강물 종이에 시를 써 주었다.

올 봄에는 한강 둔치의 개나리 진달래 목련 벚꽃들이 다투어 허공벽지에 시를 써 주고

올 여름에는 산과 들의 나무와 숲이 싱그러운 푸른 숨결로 하늘종이에 시를 써 주고 있는데

아바타가 무엄하게 나를 넘어 앞서려 한다.

"아바타여, 이제 게 섰거라!"

푸른 하늘 은하수

올 추석날 아침에는 생전에 '푸른 하늘 은하수'를 좋아하던 어머니가 푸른 하늘 은하수를 건너와 우리 집 밥상에 같이 앉으셨다 열세 살 위의 남편인 아버지와 나란히

오랜만에 우리 집 밥상의 밥사발은 은하수의 별들로 가득 채워져 반짝거렸다

올 추석날 밤에 하늘에 뜬 '슈퍼 문'의 달도 어머니와 아버지와 나란히 '푸른 하늘 은하수'를 건너 서쪽 나라로 가고 있었다 '계수나무 한 나무'가 된 두 손 모은 내 기도와 함께

북천 행 가차를 탄다

매화꽃 피는 초봄에 북천 행 기차를 탄다,

아버지의 고향인 경남 하동의 북천에
초봄 빛깔 연두색 비단 두루마기 입은 어린 내가
아버지에 손목 잡혀 갈 때는 흙먼지 풀풀 나는 낡은 버스
를 탔었다.

하동 양보면 우복리에 있는 선산은 북천에서 맞은편 높은
산을 넘어야 했다.
오르고 또 올라 숨이 차서 도착한 선산에 만발한 홍매화가
나를 반겼다.

아버지와 함께 북천 행 버스를 탔던 내가
70년도 더 지나 선산에 잠 드신 아버지 어머니를 만나러
마지막일지도 모르는 북천 행 기차를 혼자서 탄다.

북천역을 지나 양보역에 내리면 바로 눈앞이 선산이다.
쉽게 오르는 선산에서도 만발한 홍매화가 나를 반길까

나를 반길 부모님 사랑에 눈 맞추어 한껏 부풀은 홍매화가
더욱 그윽한 향기로 맞아 주리라 마음 설레이며
봄날의 북천 행 기차를 탄다.

아버지의 흰 두루마기 자락

나이 마흔에 얻은 손녀 같은 첫 딸
나는 아버지 가슴 속의 꽃이요 별이요 무지개빛 구슬이었던가
어린 딸 앞에서는
근엄하신 집안의 대주大主도 아니요
가문의 존경 받는 어른도 아닌
비 오는 날이면 우산과 비신을 들고 딸의 학교로 와서
교실 복도에서 나를 기다리시는 아버지
장차 숙녀로 자랄 딸에게 줄 멋진 가죽구두를 사다가
십년도 넘게 아버지 방의 반다지에 보관하며
틈날 때마다 꺼내어 반질반질 손질하시는 아버지
추수할 가을철이면 흰 두루마기를 정갈히 입으시고는
어머니가 재봉한 자주와 연록의 비단 겹두루마기를 입은
앙증맞은 어린 딸의 손을 잡고
평생 피땀으로 이룩하신 논으로 가서 익은 벼가 물결치는
황금들판을 바라보며 흐뭇해 하시는 아버지
선산으로 성묘 갈 때도 나를 앞세워 들길을 걷고 산길을
넘어 가시며
즐거워하시는 아버지

천자문을 가르치며 훈육할 때에는 엄격하시면서도 자애
로우신 할아버지 같은
　나의 영원한 현재형 아버지

　이 가을 황금들판 앞에 서 계신 아버지 흰 두루마기 자락이
그리움의 바람에 나부끼고 있다

싸락눈 내리는 날에는

싸락눈 내리는 날에는 지금도 고두밥 찌는 구수한 냄새가 난다

싸락눈 내리는 날에는 어머니가 떡시루에 찹쌀로 술밥을 쪘었다

멍석 위에 고들고들 윤이 나는 고두밥 하얀 밥알들이 싸락눈 같았다

구수한 고두밥을 맛보는 날은 마음도 색동옷을 입었다

싸락눈 내리는 날에는 옥양목 앞치마 두른 어머니 모습이 유독 고왔다

고두밥알 같은 싸락눈이 싸락싸락 내리면 구들막의 술독 속에도 싸락눈이 동동 떠올랐다

싸락눈이 떠 오른 약주사발을 기울이시는 아버지 수염에 도 싸락눈이 내렸다

〉

싸락눈 내리는 날은 어린 내가 아버지 어머니와 함께 있는
'먼 그리움'의 그림 속이다

모시적삼 열 벌

내 결혼 혼수 중에 으뜸 보물 모시적삼 열 벌
내 나이 열여섯 풋내기 적부터 애써 준비해 둔
늦둥이 큰 딸 위한 모시 깨끼적삼 열 벌
한지漢紙에 고이 고이 싸서 십 년 넘게 보관했다 주셨던
동백꽃빛 어머니 천 년 섬유의 사랑 한산세모시 사랑
끝 간 데 없는 아, 영원의 사랑

순백의 모시엔 광대무변의 세계가 열린다
옥색 물들인 하늘엔 환희의 노래가 흐른다
치자 물들인 들판엔 노랑나비들이 풀밭 위에 춤 춘다
오미자 물들인 산언덕엔 진달래 꽃덤불에 시원한 바람결
이 볼을 부빈다

아아, 여름 강물이 오랜 세월 열 벌 세모시적삼 올올이
구비 돌아
우리 옛집 대청마루 위에 새하얀 세모시 옷차림으로
먼 듯 가까운 듯 기쁜 듯 슬픈 듯 옷섶 여미고 서 계신
어머니 치맛자락을 적시고 있네

내 추억을 적시고 있네
내 가슴을 적시고 있네

오늘 동백꽃잎 잎 잎마다에 백일기도의 등불을 켜고
천오백 년을 넘어 영원의 모시사랑 노래를 부른다
어머니 사랑 노래를 불러 본다.

어머니의 여름 산고産苦

내 생일은 음력 6월22일로 호적에 올려져 있다.

어느 때부터 알기 쉽게 양력으로 생일을 기억해 오고 있는데
올해는 살인적 폭염의 8월 3일에 해당,

선풍기도 에어컨도 없던 시절
열일곱 살 어린 나이에 엄격한 유교 가문의 장남에게 시집 와서
십년 동안 잉태 못해 전전긍긍 애 끓이며
부처님 용왕님 칠성님께 지극정성 치성 드리고도 모자라
정화수 물 사발 앞에서 두 손바닥 닳아지도록 눈물의 합장
기도 올려 얻은 딸을
하필이면 찌는 여름날에 해산한 어머니

폭염 연속의 올해 내 생일 축하는
어느 해보다 더 간절히 두 손 모은
어머니께 바치는 감사기도였다.

오늘은 제 생일이 아닌 어머니 가슴의 피멍 쓸어내린

어머니 막혔던 숨 다시 소생한 날
감사의 눈물로 사랑의 잔을 올립니다.

폭염의 지상이 아닌 하늘나라의 서늘한 그늘에서 편히
쉬소서.

섬돌

깨끗이 씻어 햇볕에 빛나던 어른들의 하얀 고무신이 나란히 놓였던 섬돌

알록달록 고운 어린아이들의 꽃고무신이 올망졸망 정답게 놓였던 섬돌

관절염을 앓던 할머니가 높은 마루에서 내려서는데 편하게 하던 섬돌

걸음이 서툰 어린아이들이 마루에 올라서는데 편하게 하던 섬돌

가을이면 귀뚤귀뚤 귀뚜라미 맑은 울음소리 들려주던 섬돌 밑

섬돌 위 신발 속에 찰랑이던 햇살의 넘치던 사랑

발목을 세워 일어서기 어려워진 세월에 반듯하고 묵직한 섬돌 하나 놓아야겠다

가야금 소리

　나 어릴 적 가야금 소리가 참 좋았다 우리 동네 뒷골목
안쪽 산청개 거창개 진주개 삼형제의 예쁜 기생妓生 누나가
섬섬옥수 손가락으로 줄을 튕겨내는 가야금 소리를 듣고
있으면 달빛에 일렁이는 남강의 은물결인 양 가을 소슬바람
에 솨 솨 강 건너 대숲이 내는 바람소리인 양 형언할 수
없는 달콤한 비감悲感에 잠겨들곤 했다 기생이 최고의 예술
가라 생각되어 나도 이다음에 기생이 되는 꿈을 꾸곤 했다
그래서인지 기생 누나의 남동생 삼형제 중 제일로 인물 좋
은 둘째 거창개를 혼자 은밀히 짝사랑 하게 되었는지도 모
른다 가을 밤 달빛이 유난히 교교해서인지 어디선가 가야금
소리 들리는 듯해서 눈을 감고 가슴에 손을 모으니 먼데서
그리움의 꽃잎 띄워 온 강물이 가야금 열두 줄로 은비늘을
반짝이며 내 귓속으로 흘러들고 있다

* 남강 : 경남 진주의 강.
* 산청개 거창개 진주개 : 출생지별로 지은 이름이라 함.

골목

내 어릴 적에
노란 돈 한 푼 들고 신바람 나서 달려가곤 했던
골목길 어귀 돌담 집 부뜰이네 구멍가게
찐 고구마 찐 감자 찐 개떡 찐 강냉이
찐 것들만 있어도
우리 조무래기들의 잔치음식이었던
고마운 부뜰이네 구멍가게

노란 돈 한 푼으로
눈깔사탕 박하사탕 구슬사탕 솜사탕
단 맛 꿀맛 즐기게 해 주던
골목 안 순이네 유리문 가게

동무들과 해 저무는 줄도 모르고 뛰놀던
숨박곡질의 놀이터
때 늦은 시간에
담장 위 호박넝쿨에 핀 호박꽃 초롱불 밝혀 밤길 돌아가던
동심의 꽃길 골목길

등 붙이듯 다닥다닥 붙은 담장으로 오순도순 정답던 이웃들
무엇이든 낮은 담장 너머로 나누어 먹던
곰삭은 끈끈한 인정이 넘치던 골목 동네

골목은 내 어린 날의 굽이 도는 추억의 강줄기
그리운 노래의 은물결이다.

* 노란 돈 : 동전.
* 한 푼 : 아주 적은 단위.
* 조무래기 : 어린 아이.

가을, 그리움이 익는

가을, 그리움이 많은 계절에는
그리움이 큰 재산이다
가을에 그리움이 없는 사람은
인생의 극빈자이다

대상이 누구이든 무엇이든
그리움이 가슴속에서 홍싯빛 익은 열매로 맛들 때가
가장 행복한 부자일 때다

그리움이
가을바다를 하늘로 밀어올릴 때가
당신이 깨끗이 가난한 영혼으로
빛나는 별이 될 때다

그리움이 익는 가을에는
경건한
그리움의 봉헌자奉獻者가 되자

제3부

바람의 안무

새벽의 나팔소리

강변 산책길 강둑에 파란 가을하늘 품은 나팔꽃들
동터오는 하늘 향해 힘껏 나팔을 불어대고 있다

살인적 폭염 이변의 태풍으로 처절한 비명소리 가득했던
지난여름 지상地上의 신산辛酸을 말끔히 걷어내는
새벽 나팔 소리
새날의 희망을 파란 잉크로
여명의 하늘에 서명署名하고 있는 듯

울려 퍼지는 나팔 소리에 새벽 강물도 은물결로 흐르고
자욱하던 산안개도 서서히 살아지고 있다

이 가을에는 곡절 많았던 사람들도
떠나는 것들에 안녕, 새로이 오는 것들에 축복의 기도를
가슴속에 불타는 사랑의 촛불로 서명하게 하소서.

가을비 내린다

가을비 내린다
나뭇잎들 미처 단풍 곱게 들기도 전에
거친 비바람에 휘날려 내린다

길바닥의 비에 젖은 잎새들 애처로운 눈빛에
가슴 속에 찬바람이 인다

하필이면 가을비 내리는 날에 날아 든
오랜 세월 우정의 탑 쌓아 왔던 친구의 부음
창유리에 뿌옇게 안개가 서린다

'시월의 어느 멋진 날'이 아니라
'인생 끝자락의 어느 쓸쓸한 날'을 맞고 있다

이 가을이
비에 젖은 내 그림자를 앞세워 빈 들녘을 향해 가고 있다

가을 치매

어느 순간 내 기억의 동굴에서 불이 나가고 캄캄해졌다
그 순간 불현듯 머리가 터질 듯한 발열이 왔다 미칠 것 같고
죽을 것만 같은 숨 막히는 공포로 심장이 마구 뛰기 시작했다
　나와는 아무 상관이 없는 어느 아역배우의 이름이 갑자기
내 기억의 동굴 속으로 사라져 혼신의 힘을 다해 동굴 속을
탐색해 봐도 다시 찾아 낼 수 없었기 때문이었다 참 어이없
고 황당하기 짝이 없는 일인데도 그 순간은 절체절명의 벼
랑끝이었다 이러다가 내 생애 전체 아니 내 존재 자체가
하얗게 표백되어 허공 속으로 증발해 버리는 것이 아닐까
하는 일촉즉발의 위기감에 몰리다가 급기야 활로를 컴퓨터
에서 찾아내고서야 막혔던 숨이 화산처럼 터져 나왔다
　낙엽 뒹구는 가을 어느 날 밤의 느닷없는 돌발사고였다

내 첫사랑

여름바다는 내 첫사랑이다

이글거리는 태양의 심장을 시퍼런 비수로 저미며 오직
사랑의 불꽃 눈빛만 빛내는 열정의 사나이 여름바다

나는 이팔청춘 풋가시냇 적에 그 사내에 푹 빠져 서릿발
차가운 가시울타리에서 탈출했었다

망망대해 그 사내가 나를 비상의 나래로 하늘 높이 날아오
르는 새가 되게 했다

한 평생 그 첫사랑의 꿈틀거리는 금빛 동맥을 따라 날던
내 날개는 이제 가벼운 깃털 하나로 내려앉고 있다

겨우 작은 물새 한 마리 앉을만한 섬으로 비로소 한 몸을
이루었다

〉

오, 황금새 한 마리를 안고 불타오르고 있는 저 여름바다
의 전설을 읽어들 보시게나

툭!

초여름 날 햇빛 눈부신 오후
벚꽃나무 가로수 그늘을 걷고 있는 내 어깨와 팔뚝을
툭! 치는 손 아니 주먹
놀라 고개를 돌린 순간 발아래 떨어져 내린
그 센 주먹이 작은 자수정 알 만한 진보라빛 버찌였다니
그 주먹 따라 눈길 머문 곳에 깔린 진보랏빛 꽃무늬의
카페트
나는 감히 그 카페트를, 아니 내 유년의 추억을 밟고 지나
갈 수가 없었다
툭! 친 주먹이
내 앙상한 어깨와 가난한 팔뚝에 버찌 문신을 새겨 넣어
내 긴 잠 저쪽의 풀빛 강언덕을 불러내었기 때문이다

내 고향 강둑길은
울창한 벚꽃나무 가로수로 터널을 이루고 있었지
봄에 우리 종종머리 가시내들은
팝콘 터지듯 눈부시게 피어나 가슴 환하던 꽃이 지고
푸른 잎새 사이로 진보라빛 버찌가 다닥다닥 열리면
흰 치마에 핏빛 버찌물이 드는 줄도 모르고

땅에 떨어져 내린 열매를 열심히 주워 먹고도 모자라
나뭇가지를 향해 한껏 키를 늘이어 손 닿는대로 욕심껏
따서 먹고는
입술과 잇빨이 온통 검붉게 물들고
벚나무 송진으로는 손톱에 메니큐어 하는 호사에 정신을
몽땅 빼앗기곤 했었지

툭! 은
매서운 죽비였든가,
내 유년만을 일깨운 것이 아니었네
화사한 자연의 봄날도 잠시
꿈같은 인생의 봄날도 잠시
그 잠시의 봄날이 있었기에
진보랏빛 열매의 숙성된 사랑과 빈 손의 가난한 미소를
세상에 선물하게 된다는 것을 아프게 회초리 친
툭!
저절로 경배하는 마음이 되어 발아래 꽃무늬 카페트에
이마를 조아린
눈부신 어느 여름날의 오후였네.

홍시

추석선물로 홍시 한 상자 택배로 보내왔다

한겨울 장독대의 빈 장독 속에 얼렸던 우리 집 감나무의
대봉 홍시

추석 한가위 대보름달로 온 세상에 택배로 보낸다

가을비 내리는 날에

가을비 내리는 날 오랜 침묵을 깨고 난초꽃이 피어났다

창 너머로 보이는 먼 산이 얼굴을 붉히며 다가서고 있다

난세의 죄업을 단죄하기 위해 날을 세운 가을이 창끝을
들이대고 있다

벽걸이 속 달마의 눈빛이 형형炎炎히 빛을 발하고 있다

난초꽃이 향기를 보시普施하기 시작하고 있다

향기가 극락이다

새연교

제주도 서귀포항과 무인도 새섬을 연결하는 '새연교'
바람과 돛을 형상화한 아름다운 도보교徒步橋
새로운 인연을 만들어가는 다리라는 '새연교'
거센 바람을 안아 한껏 부풀은 돛폭이
하늘을 찌를 듯 솟아있는 형국의
새연교를 걸어 '새섬'에 들어서니
망망대해 무인도에 홀로 선 듯
눈 아래 넓고 푸른 바다만 내 발밑까지 밀려와
새로운 인연을 반겨주고 있었다.

큰 유인도와 작은 무인도와의 기적적 만남
견우와 직녀의 오작교가 아닌
언제나 무시로 만날 수 있는 새로운 인연의 연결교

이미 얼기설기 맺어진 묵은 인연들이 관광차든 뭐든 무시로
밀물 썰물로 몰려 들었다 물러나가는 가운데
봄날 환한 유채꽃 향기 입은 새로운 인연들이
만선의 고깃배에서 사랑과 꿈의 은비늘을 번쩍일 것이리.

> 새섬을 한 바퀴 돌아 나오니
하늘과 바다에 붉게 타오르는 태양
일몰의 황홀경이라니!
나에게도 이런 새로운 인연이 만들어지는구나,
바로 이 순간이 새로운 만남
바로 이 경이가 인연의 비단 끈일느니

바람의 안무*

겨울 호수 위에 바람이 불면
호수에서 유유히 노니던 흰 고니(백조)들이
두 나래를 한껏 펼쳐 허공에 날아올라
발레를 한다

하늘 무대가 햇빛 레져쇼로 환상적이다
(백조의 호수)
차이코프스키 안다테 칸타빌레가 은물결을 탄다

눈 덮인 설원雪原에 바람이 불면
눈밭 뚫고 노오란 복수초 솟아올라
뜨거운 사랑으로
세상 어둔 장막 걷어낸다

복과 수명의 꽃
복수초 꽃 언저리에서 햇빛이 새들의 장단에 맞추어
환희의 춤을 춘다

〉

숲이 바람을 만나면 나무들이 춤을 추고
바다가 바람을 만나면 파도가 춤을 춘다

우주만물의 신명
신바람 춤
춤이 있어 살아 있는 생명이다
들숨 날숨의 심장의 춤이다

자연이
봄맞이 무대를 준비하는 2월에
바람의 안무가 한창이다

* 잡지 ≪춤≫의 권두시.

내 사랑 내 곁에

그날, 가을바다가 턱 밑까지 밀려와 있는 자갈치 횟집에서
값비싼 돔회보다 멍게 해삼 소라회 깊숙이 깃든
심해의 내밀한 귓속말을 듣게 된 것도 행운이었는데
바람에 이끌려 나온 바닷가 노천무대에서는
더 큰 행운을 만났었다

자갈치를 사랑하는 나그네들을 위한 무료 기타 독주
연주된 여러 곡 중에서 내 마음을 빼앗은
요절한 가수 김현식의
'내 사랑 내 곁에'

'…힘겨운 날에 너마저 떠나면 비틀거릴 내가 안길 곳은
어디에 비틀거릴 내가 안길 곳은 어디에…'

음치인 내가 자주 흥얼거리며 좋아하는 노래여서였을까
바다 위에 떼로 날아오르는 갈매기들도 허공을 날며
'내 사랑 내 곁에'를 노래하는 듯했다

살아가기에 힘겨운 사람들도

'이 세상 하나뿐인 오직 그대만이…'

부산 자갈치시장에 와 보면
자갈치 사람들의 활기처럼
활어의 몸부림처럼
갈매기 떼의 날갯짓처럼
오직 한 번뿐인 생을 위해서 활력을 되찾게 되리라 생각하면서
기타 연주자와
'내 삶 오직 광활한 바다 내 곁에'의
자갈치 사람들에게 큰 박수를 보내고
'시간은 멀어 집으로 향해…' 발길을 돌리는
내 앞에 파랗게 맑은 눈동자를 빛내는 가을하늘이 마중
나와 있었다

심심경 心深經

심심心心 마음 속 마음 찾아나서는 죄 없는 맨발의 바람결 맨발로 따라가기

심심深深 깊디깊은 우물 속 우물에 뜬 맑디맑은 연민의 구름 한 조각 길러 올리기

심심 하얗게 바랜 시간의 모래밭에서 상처 덧난 손톱에 봉숭아 꽃물들이기

심심 그 모든 것을 흐르는 얼음물에 씻어 글씨 없는 순백의 한지 한 장 만들기

심심 동지섣달 긴긴 밤 홀로 깨어 쌩쌩 부는 설한풍에 문풍지로 대신 울음 울어주기

감사송感謝頌

감사하니 모래사막도 꽃밭이다

감사하니 물 한 그릇도 진수성찬이다

감사하니 매일 매일이 축제마당이다

감사하니 미운 오리새끼도 하느님이다

감사하니 마음이 하얀 손수건 한 장이다

감사하니 절망도 깃발이다

감사하니 감사하여 감사하다

왜 이제야 알았을까 해도 이제야 알아서 감사하다

그래서 매일 매일

목청 높여 감사를 전도한다

꿈을 리필한다

나는 매일 밤 잠들기 전에 꿈에 대한 즐거운 기대로 설렌다

하여 매일 잠들기 전에 꿈을 리필할 큰 잔을 준비 한다

내가 매일 준비하는 큰 잔의 무늬는 매일 다르다

예쁜 새 그림의 잔에는 푸른 하늘을 나는 새들과 새들의
즐거운 노래로 넘친다

화사한 꽃 그림의 잔에는 갖가지 꽃으로 피어나는 신생아
의 향기로 넘친다

푸른 바다 그림의 잔에는 따뜻한 가슴을 맞댄 한 배에
탄 친구들로 넘친다

숲속 개울가 그림의 잔에는 소풍 나온 가족들의 즐거운
웃음소리로 넘친다

>

찔레 울타리가 있는 마을 그림의 잔에는 이웃들의 웃음꽃
이 피는 환한 얼굴들로 넘친다

드높이 펄럭이는 깃발이 있는 그림의 잔에는 젊은이들의
미래의 비젼이 넘친다

리필할 꿈이 있는 나의 잠은 하늘을 나는 천상의 물침대

내가 매일 밤 리필하는 꿈의 잔은 기도의 성소聖所 시의
고해소告解所이다

80키로로 달리는

나이 80이면 시간도 80키로로 달린다고
세월은 살같이 지나는데
그리움은 80키로를 앞질러 달리고
남은 마음은 8만평의 평지를 얻는다
길은 하늘로 뚫리고
몇억광년의 시간은 모래알이 되어
바람의 길로 사라져버리는데
9988
99는 구차하게 구걸하는 삶이지 않게
88은 동전 한 잎 티끌 하나를 잡기 위해서도
두 팔을 길게 뻗어 내지 않게

80이다 90이다가 무슨 헛놀음
그저 남은 마음밭이 꽃씨 품은 내 땅이요
내 마음밭 위의 별을 품은 저 먼 하늘길이 내 길인데
꽃 피면 꽃 보고 별 뜨면 별 헤며
바람 되어 바람 따라
하늘 길을 흐를 일이다

80키로로 달리는 시간은
저만치 저 혼자 달리라고 놔두고

낮에는 비행운飛行雲이 되어 하늘을 날고
밤에는 유성流星이 되어 지상에 내려
별꽃으로 피고 지고 지고 피고

웃음치료법

요즈음 웃으면 만병을 예방 치료할 수 있다는 웃음치료법
이 한창 각광을 받고 있다.

열손가락 꼽을만한 웃음의 효과 항목 중의 '치매예방에
도움이 된다'에 마음이 끌려

"하하하 하하하 호호호 하하하 헤헤헤 하하하 후후후 하
하하 히히히 하하하"

웃음 뒤에는 하하하를 붙여 하루에 10초씩 손뼉 치며 하는
치료법 따라 해 보기로 했다.

사람 발길 드문 강변 산책길 갈대밭 가운데서 혼자 짝짝
손뼉 치며 박장대소 흉내 내보니

갈대들이 백주에 별 미친 짓 다 보겠다며 허리를 흔들어대
면서 웃음 삿대질하는 바람에

치매에 걸린 내 시가 하하하 호호호 헤헤헤 후후후 히히히
하늘로 훨훨 사라져 가 버렸다.

놋그릇 닦기

우리 집에서는 다례를 지내는 추석이 다가오면 놋그릇 닦기가 제일 고된 일 중 하나였다

평소에 사용하던 놋그릇에 놋제기祭器를 다 닦아내려면 서너 사람의 하루 종일 일감으로 곱게 갈아낸 기왓장 가루를 묻힌 짚수세미로 반짝 반짝 윤이 나기까지 닦아내면 손목과 허리에 심한 통증이 찾아오기 마련이지만 늙은이 얼굴에 검버섯 피듯 녹 슬은 그릇들이 반짝 반짝 윤나게 탈바꿈되는 것이 신기하고 신나는 일처럼 보여서 어린 나도 해보겠다고 졸라서 어른들이 하는 대로 두 손에 된장을 바르고 숙모님 옆에서 놋그릇 닦기에 동참하곤 했다 내가 닦은 그릇이 금빛으로 빛날 때는 장원급제라도 따 낸 듯 훨훨 하늘을 나는 듯 신명 났다

한평생 써 와 검버섯 녹이 슬었을 내 인생의 놋그릇들 이제 남은 날들 서산에 해 질 때까지 두 손에 해묵은 된장 듬뿍 바르고 짚수세미 움켜쥐고 열심히 녹 닦는 일만 남았다

*놋그릇 닦을 때 손에 된장 바름은 나중에 기와가루가 잘 씻겨지게 하는 비법이었다.

할미꽃 합창

머리가 백발이어서 더 고운 꽃
곧 가서 묻힐 곳이라도 따뜻한 햇볕 좋아
무덤가나 산비탈에서 하얀 솜털 보송보송
수줍은 소녀인 듯 살포시 고개 떨구고 있는 꽃
살아생전 슬픈 사연 가슴속에 겹겹이 쌓였어도
고운 마음 탑 쌓아 고운 꽃으로 행복하다

여든 여섯 살의 작가
여든 네 살의 작가와
동갑내기 아동문학가
여든 두 살의 수필가
여든 한 살의 시인
다섯 할미꽃들이 매달 만나서 할미꽃 전설을 풀어내며
햇볕 좋은 무덤가에서 젖은 옷가지를 말리며
감사하다 모든 것이 다 감사하다
두 손 모아 찬송가를 합창 한다

평생 원고지에 엎드려

구비 구비

꿈과 사랑 만남과 이별의 인연

우주만상의 신비와 인생사의 애환을 표현해 내느라

숨 가쁘게 여든 고개 넘어와

이제는 산비탈 풀밭에서 한 숨 내쉬는 할미꽃들

생전에 나에게 차갑게 등 돌렸던 모든 것들에까지도

이제는 사랑한다 사랑한다 가슴 넉넉해져

떨구었던 목고개 잠시 들어 하늘 우러르는

동강할미꽃까지

할미꽃이어서 행복한 할미꽃 합창단

따뜻한 택배

새해 선물로 허리병 얻었다

허리병으로 글벗들과의 '할미꽃모임' 봄맞이 약속도 못
지키고 있는 중

봄이 우리 집 현관문 앞에서 머뭇거리고 있던 어느 날
택배가 배달되었다

포장을 풀자 아직도 따뜻한 식빵과 난초 향 가득한 예쁜
그림엽서

"색다른 빵이라 오늘 새벽에 가서 사왔다."는 따뜻한 빵보
다 더 따뜻한 할미꽃 선배의 '사랑의 봄날이' 현관문 안으로
선뜻 들어섰다

모처럼 할미꽃 독거의 집안이 생기를 얻어 온통 환한 햇살
의 꽃밭이 되었다

〉

매화나무의 관절이 풀려 꽃을 피우듯 내 허리 관절도 곧
희망의 꽃을 피우게 될 듯한 꿈

식탁위의 따뜻한 빵 앞에서 감사기도의 두 손을 모우는
혼자서도 충만한 식사시간

나도 위로가 필요한 누군가에게 '따뜻한 사랑의 택배'를
보내야겠다는 생각에 불이 켜진다

쯧쯧

참다 참다 거금을 지불하고 보청기를 마련했다

보청기를 끼고도 소리만 왕왕 더 크게 들릴 뿐 내용파악은
여전히 불분명

담당의사와 상담해 봤자 "보청기는 보청기일 뿐"이니 기
다리며 적응해보라는 말 뿐

답답한 마음에 보청기 빼 버리고 아예 덜 듣고 사는 편이
더 낫지 않을까 목하 궁리 중

하느님 창조의 정밀 인체기계 소홀히 관리한 죄 크고 커
목하 석고대죄 중

쯧쯧 하느님 혀 차시는 소리 아득하게 들리는 건 그래도
보청기 덕택인가 아닌가

잠자리

잠자리 잠자리
잠 못 드는 나의 경 읽기
잠자리에서
잠자리 잠자리 하다가
새벽녘 설핏 든 꿈자리 베갯머리 극락조 꽃잎에 살포시 앉은
잠자리 한 마리
내 잠자리를 걷어 허공 속으로 그림자를 끌며
사라져 갔다
아, 벌써 내 생의 90%의 밤이 지금 막 하늘에 방점을 찍었다

빈 하늘에 덩그러니
달
하나
걸려 있다

무사고 신고

하늘 빛 산 빛 나무 빛 고운 가을날

오늘 하루도 아무 사고 없었습니다

전화 한 통도 없었습니다
한 사람도 만나지 않았습니다
밥도 혼자서만 먹었습니다
기도도 마음속으로만 했습니다

"이 멍청아, 무사고가 사고야!"
어디선가 도토리 떨어지는 소리

혼자 걷는 들길에서 털이 고운 들고양이 한 마리
빤히 눈 맞춥니다

내일은 하늘이 두 쪽 나도 사고치고 말겠다고 마음 다져
봅니다
털이 고운 들고양이

싸늘하게 등을 돌려 갈대밭 속으로 자취를 감춥니다

텅 빈속에 노을이 불붙고 있습니다
참 많이도 가난이 풍요로운
무사고의 가을날 하루였습니다
큰 은혜였습니다.

구식이 좋다

아들네가 엄마도 신식에 적응이 돼야 한다며
손때 묻은 내 핸드폰을 스마트폰으로 바꾸어 줬다
사용법을 대충 가르쳐 주고 설명서도 곁에 두었는데도
한동안 제대로 쓸 줄 몰라 쩔쩔 매다가
"구식이 좋은데…" 했다

새 것으로 바꾸어 준 컴퓨터에 오류가 생겨 인터넷 접촉이
안 되면
　혼자 이리 저리 해 보다가 어쩔 수 없이 또 아들네에게
전화를 건다
"미안한데 어떡허니" 부탁하곤 하면서
"구식이 좋은데…" 한다

차 안에서나 길을 걸어가면서 시도 때도 없이
보지도 않고 손가락으로 날렵하게 문자를 찍고 있는
젊은이들을 보면
외계인을 보듯 신기하기는 한데 부럽지는 않다
편지지에 정성들여 또박 또박 써 보내는 편지가 얼마나

알뜰한가,

　붓글씨로 쓴 편지봉투를 받으면
　고향의 옛 친구를 만난 듯 반갑고 정겹다
　김치도 묵은지 맛이 더 좋고 친구도 오래된 친구가 좋은
　우리 세대는 그저 느릿하게 편한
　구식이 좋다

내 나이가 어때서

매주 목요일이면
우리 성당 평생대학 노인 학생들
하얀 목화송이 세월 곱게 빗어 모양내고
인생의 삭은 관절 쓸어내리며
"내 나이가 어때서 사랑하기 딱! 좋은 나인데..."
남은 여생의 가는 목줄기 세워 힘껏 노래 부른다

사랑하기 딱! 좋은 나이?
젊은 시절엔 미쳐 몰랐던 참 깊은 사랑
젊은 니들은 아직 알리 없지,
암, 얄리 얄리 얄라성 알리 없지,

일몰 직전의 불타는 저녁노을의 황금시간대
지금에서야 뼈아프게 알게 된
남은 목숨 다 바쳐 사랑하기 딱! 좋은 나이

있는 여력 다 짜 내어 노래 부른다
"사랑하기 딱! 좋은 나이 만세"
노래 부르며 속눈물 삼킨다

부끄러워 행복하네

젊은 날 당신이 옆에 있어
마냥 아름다웠던 봄꽃들이
당신이 옆에 없는
늘그막의 지금에도
그냥 아름다워 행복하네

꽃시절의 추억 속에 당신이 있어
꿈속에 봄꽃 같은 당신이 있어
하냥 아름답고
살짝
    부끄러워
가만히
    행복하네

하남의 눈부신 날에

여름내 불타는 열정으로 푸른 꿈을 하늘에 새기던
위례강변 들녘의 갈대들이
빛나는 은발의 머리칼을 휘날리며
꿈의 완성을 학의 흰 나래로 춤추는
하남의 눈부신 시월에
그대들에게 황금빛 은행잎 편지를 띄우네

팔당대교 아래로 녹슬지 않는
희망의 시간을 휘감고 달리는 자전거 바퀴들
강물도 반짝 반짝 환호의 손뼉을 치네

둑방길에 화사하게 하늘거리는 코스모스의 연정戀情에
솟대 위의 기러기들도 가슴 설레이네

하남의 눈부신 시월에
눈부신 햇살이 된
투명한 하늘의 눈동자가 된
하남 사람들이

갈대밭을 지나 코스모스 꽃길을 지나
가벼운 바람의 발길로 영원을 걷네

* 하남문화원 발행 ≪위례문화≫ 2013 제16호의 권두시.

푸른 갈기를 날리며 달리리

갑오년 청마의 해
푸른 하늘에 푸른 들에
하늘 찌를 듯 꼿꼿이 세운
푸른 갈기를 휘날리며 힘차게 내달리는
푸른 말의 해
청마의 해에

청마 같은 청청한 문학정신의 〈하남문인협회〉는
선배시인 청마의 「광야」를 뛰어넘어
청마의 「깃발」 위에 『시와 이야기』의 '깃발'을 더 높이
들어올려
빛나는 푸른 갈기를 더욱 힘차게 휘날리며 달려서
하남의 하늘 하남의 들녘 하남의 문학에
찬연한 문학창조 역사의 힘찬 말발굽 자욱을 찍으리
마침내 세계를 향해 달리는 문학의 준마가 되리

* 「광야」, 「깃발」, 시인 청마 유치환의 작품임.
* 《하남문학》 신년 축시.

야밤의 손님

하루 종일 전화 한 통도 찾아오는 이도 없이 지낸
적막강산의 내 거처에 뜻밖에도 야밤중에 찾아오신 손님
한 분
구름 커텐을 살짝 열고 환한 얼굴로 들어선 보름달님

이 순간을 위해 먼 길 숨죽인 발걸음이셨던가,

적막강산을 뒤덮었던 짙은 안개 말끔히 걷히고
온 집안이 월광곡月光曲 은물결로 넘실거리기 시작
적막강산이 두둥실 만월공산滿月空山으로 떠올랐다

친구들

내 정답던 친구들
이제는 이승보다 저승에 더 많다

요즈음 나는 밤에 잠자는 시간이 더 즐겁다
그 친구들이 꿈속에서
나와의 추억 필름을 재생해 줄 때가 많아서다

친구 없는 세상은 적막강산

하얀 눈꽃모자 쓰고 꼿꼿하게 하늘 우러르는
겨울 산의 노송老松 같은
아직도 내 곁에 남아 있는 소중한 내 보배 친구들

이 여름 그들의 창가에 꽃 피울
행운목幸運木 한 그루씩 선물해야 겠다

누룽지탕

　노인 혼자 먹는 한 끼 밥으로 누룽지탕이 속 편한
건강식이다

　약한 불에 서서히 끓여지는 동안 독거獨居의 쓰디 쓴 외로
움도 잘 녹아들어
　인생말년 여유의 고소한 맛도 서서히 즐기게 되고

　홀로 누룽지탕을 즐기시던 독거의 어머니 심정도 알게 되고

　누룽지탕 앞에 놓은 저녁밥상은 무탈한 하루에 대한 감사
기도의 제단祭壇이 되고.

주문진 가리비

설날 지나고 오랜만에 노량진 수산시장엘 갔다
바다가 없는 먼 이역의 나라에 살아
삼십여 년 만에 처음으로 설날을 함께 보내게 된 큰 딸에게
생선회를 맛보여 주기 위해 작은 딸네가 앞장서서 나서
주었다

도미 광어 활어 횟감에 꽃게 홍합 멍게를 흥정하는 옆에서
나는 고무물통 속의 가리비에 눈길을 **빼앗기고** 있었다

수년 전에 타계한 내 평생의 절친 작가 L여사가 생각나
서였다
주문진이 고향인 대학후배 시인의 초대로 여행한 주문진
바닷가에서
생전 처음 맛보게 된 가리비 숯불구이 맛을 오래도록 잊지
못하고
다시 그곳에 가서 가리비 맛보자며 손꼽아 기대하던 친구
끝내 그 바람 못 이루고 홀홀이 이 세상 떠난 아쉬움에
〉

내가 좋아하던 멍게 맛도

빈 가라비 껍질에 실려 주문진 썰물에 밀려 사라지고 말았다

보양식

오늘도 별이 뜬 고향집 우물 한 사발을 마셨다

어제는 고향집 돌절구에 쳐서 쪄 낸 어머니 손맛의 쑥떡
서너 개 먹었다

그저께는 고향집 잘 익은 석류 두어 개 맛보았다

땀 흠뻑 흘린 날에는 고향집 가마솥에 푹 고아낸 염소탕
한 그릇 뚝딱 비운다

고향에서 먼 세월 앞에서는 추억이 보양식이다

허공연못에 빈 손

멀리 있는 친구는 귀가 밝고
나는 귀가 어둡고

친구는 손가락 통증으로 문자를 못 찍는다 하고
나는 음성소통 불편하여 전화수신이 어렵다 하고

남이 못 가진 것 티끌 하나라도
내가 가졌으면

그것만으로도 감사할 일인 것을
더 가지지 못해 안달복달하는 것이 지옥인 것을

공수래 공수거 다 버리고 갈 것을
허공연못에 빈 손 연꽃이 극락인 것을

이팝꽃 전설

이밥(쌀밥)이 하늘밥상에 고봉으로 올랐다
백설기가 푸른 들판에 고층탑으로 우뚝 섰다

달작지근 이밥은 굶주리는 이웃들에게
고슬고슬 백설기는 배고픈 아이들에게

바람 배달부가 구름에 실어
빠른 택배로 보내고 있다고

이팝꽃 하얀 꽃잎이 하얀 이를 반짝이며
호.호.호 하,하.하 환한 웃음가득 휘날리고 있다

추억의 샘, 동일성의 세계로 귀향

—김여정 시의 의미

진순애 | 문학평론가

1968년 ≪현대문학≫으로 등단한 김여정의 시작 생활은 이제 50년도 넘은 세월로 점철된다. 그 세월 동안, 상재한 시집이 14권이고, 9번에 걸쳐 문학상을 수상하였다. 이는 달리 말하여 시집이 출간될 때마다 매번 문학상을 수상했다는 의미와 같다. 이러하듯 "이번 시집이 내 마지막 시집이 될 것"이라는 김여정의 언명을 "다음 번, 내 시집의 출간을 기다리라"는 말로 해석하여 무리가 없으리라. 무엇보다도 시집 속의 시들이 그렇게 말하고 있다.

"김여정의 시를 읽으면, 우선 압도적으로 다가오는 것은 지칠 줄 모르는 열정의 힘이다. 나이나 성별을 초월한 듯한 그의 시적 에너지의 분출은 놀라운 일이 아닐 수 없다. 가식 없는 직정적 언어, 활달하고 대담한 고백 등등은 힘에 넘치는 그의 시가 지닌 진솔함을 드러낸다"(최동호, 『사과들이 사는 집』의 해설에서)는 지적처럼 김여정의 이번 시집에서도 그의 지칠 줄 모르는 열정을 만나게 되는 까닭에 다음 번 그의 시집을 기다리는 일을 의심할 필요는 없을 것이다. 이번 그의 시집이 '추억의 샘, 곧 인류의 시원의 세계가 반향하는 동일성의 세계'로 점철된 까닭에 그러하며, 추억의 샘은 고갈되지 않는 영원한 우물인 까닭에 그러하다.

"인간과 세계, 의식과 존재, 존재와 실존의 최종적인 동일성은 인간의 가장 오래된 믿음이며 과학과 종교, 주술과 시의 뿌리"라는 옥타비오 파스의 지적처럼 시의 근간은 근원인 세계와의 동일시에 있다. 근원과의 동일성을 지향하는 서정적 융합이 현대인의 꿈이라는 이유로써 시원의 세계는 신뢰의 세계이며 희망의 세계이다. 찢겨지고 분열된 현대인은 추억을 통해 열리는 감각으로 신뢰가 살아있는 원형 세계와의 동일시라는 꿈을 실현한다. 동일시라는 꿈의 실현으로 자기 자신 및 세계와의 화해에 이르게 되는 것이다.

그러면서도, 그곳은 지금·여기에 부재하여 오직 백일몽 속에서만 이를 수 있는 신뢰의 세계라는 점에서 비극적이다. 지금·여기는 "요즈음 세상이 웃긴다고 꽃들이 웃고 있네요//요즈음 세상이 재미없다고 꽃들이 웃고 있네요//요즈음 세상이 재미있다고 꽃들이 웃고 있네요//요즈음 세상이 요지경 속이라고 꽃들이 웃고 있네요//요즈음 세상이 하 수상타고 꽃들이 웃고 있네요//요즈음 세상이 그래도 살만 한 구석 쬐끔은 있지 않느냐고 킥 킥 킥 꽃들이 웃고 있네요//자잘한 풀꽃들과 여린 나뭇잎들은 손으로 입을 살짝 가리고 ㅋ ㅋ ㅋ//꽃들이 웃으니 웃을 일 하나 없는 늙은 이도 입꼬리를 살짝 비틀며 웃게 되네요"(「꽃들이 웃고 있네요」, 전문)처럼 꽃들조차 웃긴다고 웃는 풍경이 지배한다. 지금. 여기의 현실태를 역설적으로 반추시키고 있는 웃고 있는 꽃들이 비극적인, 씨니컬한 비극적인 의미국면 또한 환기시킨다.

이렇듯 김여정의 추억의 샘은 숱한 격정 밑에서 드러내는 추억이면서도, 존재근간의 받침점으로 작용하는 추억이다. 추억이 있어서 우리가 오래된 믿음의 세계에 이를 수 있듯 김여정을 이끄는 추억의 샘에는 봄여름가을이 있고, 어머니 아버지가 있으며, 돌절구에 찧은 유년의 쑥떡이 있다. 인류의 집단적인 믿음의 세계를 상징하는 김여정 시의 고향풍경은 현대인을 완전한 통합의 세계에 이르게 하는 기저이다. "김여정의 시정신은 현대에 드문 고유한 서정성을 담아 있고, 그의 시어는 요즈음 젊은 시세대들이 그리 돌보지 않는 간결성과 소박성을 지니고 있다. 이러한 수법에 대하여는 우리가 오히려 갈증을 느껴 오던 것이다"(신석초, 『화음』서문에서)라는 신석초의 지적처럼 김여정의 시에는 현대인이 갈

증을 느껴오던 순수한 소박미, 곧 치유의 세계가 살아있다. 그의 시에는 인간이 통합적으로 살아 있고, 인간과 융합한 자연이 공평하게 살아 있어서 추억의 샘으로 귀향한 그의 발걸음이 동화처럼 생생하다.

오늘도 별이 뜬 고향집 우물 한 사발을 마셨다

어제는 고향집 돌절구에 쳐서 쪄 낸 어머니 손맛의 쑥떡 서너 개 먹었다

그저께는 고향집 잘 익은 석류 두어 개 맛보았다

땀 흠뻑 흘린 날에는 고향집 가마솥에 푹 고아낸 염소탕 한 그릇 뚝딱 비운다

고향에서 먼 세월 앞에서는 추억이 보양식이다
　　　　　　　　　　　　　　　　　　　　—「보양식」 전문

추억의 보양식은 누구에게나 공평하다. 추억의 샘이 있어서 까마득한 날이 마르지 않고 우리의 두려움이 잠들듯 공평한 추억은 때와 장소를 가리지 않고 수시로 보양식을 제공한다. 추억의 샘 파기를 게을리 하지 않는 한 누구에게나 추억의 보양식은 공평한 것이다. 김여정의 추억의 샘에는 '별이 뜬 고향집의 우물 한 사발'이, '돌절구에 쳐서 쪄 낸

어머니 손맛의 쑥떡'이, '고향집 가마솥에서 푹 고아낸 염소 탕'이 저장되어 있어서 수시로 퍼올리게 한다.

고향은 존재의 출발의 세계이며 어느 때나 돌아가 안길 수 있는 귀소의 세계이므로, 현대인의 부름에 언제나 대답하는 고향의 반향이 있어서 현대인의 불안한 존재성은 치유된다고 「보양식」이 환기시킨다. 고향은 개인적으로, 그리고 인류 공동체에 결여되어 있는 생명의 힘을 공급해주는 보다 크고 넓은 동일성의 세계라는 환기이다.

3월 초에 지리산의 딸네에게서 노오란 산수유 꽃엽서 바람에 실려 왔다

3월 초에 섬진강 강 언덕에 잠 드신 부모님에게서 매화 꽃엽서 강물에 떠내려 왔다

3월 중순에 남해도의 친구에게서 동백 꽃엽서 푸른 파도에 밀려왔다

3월이 뒷모습 섭섭히 보이는 날에 오래 숙성된 내 그리움 인각 印刻한 별꽃엽서 답신을

연줄에 매달아 두 손 모은 기도 위에 실어 보낸다

내 생의 일기장을 가득 채운 아름다운 봄날의 향기로운 추억의

꽃엽서 우체통!

　　　　　　　　　　　　　　―「3월의 꽃엽서」전문

　추억을 반향하는 꽃엽서가 김여정에게 그리운 사람들의 소식을 배달하는 우체통으로 치환된다. 산수유 우체통, 매화 우체통, 동백 우체통. 어디 이뿐이겠는가. 진달래 우체통, 개나리 우체통, 목련 우체통…. 봄꽃이 있어서 봄은 봄으로 살아난다. 우체통이 된 봄꽃이 그리운 봄날의 향기를 배달하므로 비로소 우리는 봄과의 동일시에 빠진다.

　산수유, 매화, 동백꽃들이 없는 봄을 상상할 수 없듯이 추억의 샘에 저장된 그리운 세계가 없다면, 김여정의 꽃엽서가 탄생할 리 만무하다. 추억은 김여정의 귀향을 독려하고 현대의 우리가 치유에 이르도록 생명의 소식을 배달한다. 동일화를 유인하는 원형의 세계로서 추억의 봄소식이다.

　　여든 살의 내가 스무 살의 앳된 신부가 되어
　　연분홍 벚꽃 잎 카펫을 밟는다
　　하늘에서 축복의 꽃비가 지천으로 내려
　　내 머리에 화사한 화관花冠을 씌워 준다
　　양옆에 노란 저고리 고름을 살짝 입에 문
　　개나리 민들레 냉이 꽃들이
　　허공에 분분紛紛한 은나비들의 춤사위에 맞추어

은방울 목소리로 축가를 불러 준다
아, 눈부신 사월의
햇살과의 혼례식

꽃시절 한 때의 백일몽이여,

— 「사월의 신부」 전문

축복의 꽃비가 내리던 사월의 추억이 여든 살의 김여정을 스무 살의 앳된 신부로 환생하게 한다. 스무 살로 환생한 신부는 연분홍 벚꽃잎 카펫을 밟고, 사월의 꽃비로 화관을 쓴다. 개나리, 민들레, 냉이와 같은 봄꽃들이 부르는 축가를 들으며, 사월의 햇살과 혼례식을 올리는 여든 살의 김여정이 시원의 봄처럼 스무 살의 앳된 신부로 동일화에 이른다. 추억 속에는 봄꽃이 있고, 사월의 신부가 있으며, 벚꽃잎 카펫이 있다. 추억의 샘이 있어서 봄꽃의 향기를 두레박에 퍼담아 올리는 여든 살의 김여정이 백일몽 속에서 치유에 이른다. 봄의 만물이 부르는 축가가 여든의 김여정으로 하여금 혹은 현대의 우리로 하여금 시원의 세계를 추억하게 하면서 신뢰의 세계에 안착하게 한다.

추억의 집에는 유년의 세계가 똬리 틀고 앉아있다. 그곳은 김여정의 추억이 풀어져 나오는 시발점이다. 추억의 집은 추억의 샘일 뿐만 아니라, 아낌없이 주는 추억의 그늘이고, 하늘 끝까지 자라는 추억의 나무이다. 그곳은 '무화과나무

묘목은 어머니가 심었고 무화과 열매는 아버지가 따셨던'
김여정의 동화적 곳간이다. '다닥다닥 푸짐하게 열린 열매
가 무르익으면 아버지는 잘 익은 것들부터 골라 따서 손주
들에게 달디 단 열매를 맛보여 주는 기쁨'이 살아있는 생명
의 저장고이다. 때문에 김여정에게 '무화과나무 그늘은 아
버지 어머니의 그늘이고 달디 단 추억의 집'(「무화과나무 그
늘」에서)이자 그의 시작의 시원이다.

싸락눈 내리는 날에는 지금도 고두밥 찌는 구수한 냄새가 난다

싸락눈 내리는 날에는 어머니가 떡시루에 찹쌀로 술밥을 쪘었
다

멍석 위에 고들고들 윤이 나는 고두밥 하얀 밥알들이 싸락눈
같았다

구수한 고두밥을 맛보는 날은 마음도 색동옷을 입었다

싸락눈 내리는 날에는 옥양목 앞치마 두른 어머니 모습이 유독
고왔다

고두밥알 같은 싸락눈이 싸락싸락 내리면 구들막의 술독 속에
도 싸락눈이 동동 떠올랐다

싸락눈이 떠 오른 약주사발을 기울이시는 아버지 수염에도 싸
락눈이 내렸다

싸락눈 내리는 날은 어린 내가 아버지 어머니와 함께 있는 '먼
그리움'의 그림 속이다

—「싸락눈 내리는 날에는」 전문

싸락눈 내리는 날이 김여정을 추억의 집으로 유인한다.
싸락눈 내리는 날에는 여든의 김여정이 '아버지 어머니와
함께 있는 그리움'을 꿈꾸는 날이다. 그리움 속에서 옥양목
앞치마 두른 어머니가 고두밥 찌는 구수한 냄새가 나고,
약주사발 기울이시는 아버지 수염에 싸락눈이 내린다. 문명
의 현대는 싸락눈 내리는 풍경조차 소멸하게 하였으나, 색
동옷 입고 싸락눈 밟으며 나들이 가던 날의 풍경은 추억
속에 살아 있어서 우리를 신뢰의 세계에 안착하게 한다.
'멍석 위에 고들고들 윤이 나는 하얀 고두밥을 맛보는 날'
의 추억 속에서 색동옷처럼 무지갯빛이었던 유년의 마음도
생생하게 살아난다. 유년과 동일시된 백일몽 속에서 치유가
환기되며, 마음속의 대립을 조화시키고 재통합에 이른다.
추억 속의 동화적 세계가 김여정의, 그리고 현대인의 결핍
을 치유에 이르게 한다.

깨끗이 씻어 햇볕에 빛나던 어른들의 하얀 고무신이 나란히

놓였던 섬돌

　알록달록 고운 어린아이들의 꽃고무신이 올망졸망 정답게 놓
였던 섬돌

　관절염을 앓던 할머니가 높은 마루에서 내려서는데 편하게 하
던 섬돌

　걸음이 서툰 어린아이들이 마루에 올라서는데 편하게 하던 섬
돌

　가을이면 귀뚤귀뚤 귀뚜라미 맑은 울음소리 들려주던 섬돌 밑
　섬돌 위 신발 속에 찰랑이던 햇살의 넘치던 사랑

　발목을 세워 일어서기 어려워진 세월에 반듯하고 묵직한 섬돌
하나 놓아야겠다

　　　　　　　　　　　　　　　　　　　　―「섬돌」 전문

　떠나온 세월의 거리가 낳은 먼 낯섦처럼 섬돌이 놓인 마당
의 풍경은 지금.여기에서 매우 낯설고도 먼 거리에 놓여
있다. 낯설어서 오히려 새로움으로 자리하는 아이러니조차
낳는다. 그러나 그 낯섦은 김여정의 추억의 샘, 곧 동일시의
세계로 귀향한 김여정의 백일몽 속에서 멀어져버린 과거가
아니라 현재로 환생한다. 섬돌의 존재성을 맞춤했던 어른들
의 하얀 고무신, 어린아이들의 꽃고무신, 그리고 그 신발
속에 찰랑이던 햇살이 사랑으로 넘치던 날의 추억이 경직된
문명인을 생생한 동심의 세계로 유인한다. 마루와 마당을
오가는 할머니와 걸음이 서툰 어린아이들을 도와주던 섬돌

이었고, 가을이면 귀뚜라미 울음소리 들려주던 섬돌 밑이었다. 할머니와 아버지와 어머니와 어린아이들과 귀뚜라미와 찰랑이던 햇살을 하나로 묶어주던 섬돌이 있던 고향은 추억 속에 살아있는 치유의 형식이다.

유년이 살아있는 고향은 김여정 개인의 무의식적 세계이며 인류의 집단적 무의식의 세계이다. 고향의 풍경과 융합한 유년의 추억은 인류가 무의식적으로 동일시를 지향하는 생명과 신뢰의 통로이다. '골목길 어귀 돌담 집 부뜰이네 구멍가게'가 있고, '골목 안 순이네 유리문 가게'가 있으며, '담장 위 호박넝쿨에 핀 호박꽃 초롱불 밝혀 밤길 돌아가던 꽃길의 골목길'이 살아있다. 지금은 사라진 '다닥다닥 붙은 담장으로 오순도순 정답던 이웃들'은 김여정의 '굽이도는 추억의 강줄기'(「골목」에서)로, 그의 꺼질 줄 모르는 시적 동력이다.

　　이밥(쌀밥)이 하늘밥상에 고봉으로 올랐다
　　백설기가 푸른 들판에 고층탑으로 우뚝 섰다

　　달작지근 이밥은 굶주리는 이웃들에게
　　고슬고슬 백설기는 배고픈 아이들에게

　　바람 배달부가 구름에 실어
　　빠른 택배로 보내고 있다고

> 이팝꽃 하얀 꽃잎이 하얀 이를 반짝이며
> 호.호.호 하.하.하 환한 웃음가득 휘날리고 있다
> ─「이팝꽃 전설」전문

김여정의 추억 속에 이팝꽃은 푸른 들판의 고층탑이 된 백설기로 혹은 밥그릇에 고봉으로 담긴 쌀밥으로 살아있다. 굶주리는 이웃들에게는 밥이요, 배고픈 아이들에게는 백설기로 살아있는 이팝꽃과 융합했던 유년의 고향은 추억 속에서 하얀 이를 반짝이며 우리를 동일시에 이르게 한다. 가난조차 미적으로 승화시킨 추억의 샘이 유인하는 근원 세계와의 동일시다. 이팝꽃의 하얀 꽃잎이 하얀 이를 반짝이며 환한 웃음을 가득 휘날리는 봄날의 풍경은 경직된 문명인을 동화의 세계로 유인하는 무한한 동력이다. 동화의 세계는 시원의 세계로 문명인의 뿌리인 까닭이다.

다음 홍신선의 글은 마르지 않는 창작의 샘물로서 김여정의 고향표상에 대한 지속성 속에서도 차이를 확인하게 한다. 한때는 김여정이 심리적 거리를 형성하기도 했던 타향으로서 고향은 이제 80이 넘은 세월 속에서 동일화된 세계로 승화하고 있다.

김여정에게 있어서의 고향은, 젊은 날의 기억 가운데 존재하는 공간이며 고통보다는 아름다운 자연과 함께 삶의 기쁨이 충만한 곳이다. 특히 그 삶의 기쁨들은 오월의 보리밭, 종달새 노래, 아카시아 향기 등에서 솟구치는 기쁨들이다. 자연의 생기, 또는 생명력을 내면화 했을 때 솟구치는 기쁨이며 또한 성취와 생산으로서의 사랑을 감지할 때의 기쁨이다. 그러나 그 기쁨은 기억으로서 현실의 저 편에 놓여 있는 기쁨이다. 그래서 지금도, "내 고향 강언덕에서/아지랭이로 피어올라/무지개 다리를 건너"(「고향의 오월은」에서)에서 오는 기쁨인 것이다. 이처럼 무지개 다리로 상징되는 고향과 나 사이의 거리는 시간과 공간에 있어서의 거리일 뿐 아니라, 마음에 있어서의 거리이기도 하다. 더 나아가 이 마음의 거리는 오랜 시간이 지난 뒤에 어쩌다 찾은 고향을 타향으로 느끼게 하는, 바로 그 거리이다. "되돌아서는 내 발부리에 쏟아지는/찬별 찬별들/어머니 안 계신 고향은/별 수 없는 타향이란 걸/뼈를 깎는 아픔으로"(「타향」에서) 새기게 되는 거리인 것이다.

—「홍신선, 『날으는 잠』해설에서